读客彩条外国文学文库

熊猫君激发个人成长

黑暗中的谋杀

[加] 玛格丽特·阿特伍德 著

刘伟 译

阿特伍德作品

MARGARET ATWOOD

MURDER IN THE DARK

Murder in the dark by Margaret Atwood
Copyright ©1983 BY O.W. TOAD, LTD
This edition arranged with Curtis Brown Group Limited
Through BIG APPLE AGENCY, INC.,Labuan, Malaysia
Simplified Chinese translation copyright © 2023 by Dook Media Group Limited.
All rights reserved.

中文版权 © 2023读客文化股份有限公司
经授权，读客文化股份有限公司拥有本书的中文（简体）版权
豫著许可备字-2023-A-0004

图书在版编目（CIP）数据

黑暗中的谋杀／（加）玛格丽特·阿特伍德著；刘伟译. —— 郑州：河南文艺出版社，2023.4
 ISBN 978-7-5559-1511-9

Ⅰ.①黑… Ⅱ.①玛…②刘… Ⅲ.①短篇小说－小说集－加拿大－现代 Ⅳ.①I711.45

中国国家版本馆CIP数据核字(2023)第042622号

黑暗中的谋杀

著　　者	［加］玛格丽特·阿特伍德
译　　者	刘　伟
责任编辑	李亚楠
责任校对	王　宁
特约编辑	夏文彦　高　洁　朱亦红
策　　划	读客文化
版　　权	读客文化
封面设计	梁剑清
出版发行	河南文艺出版社
印　　刷	三河市龙大印装有限公司
开　　本	880mm×1230mm 1/32
印　　张	3.75
字　　数	46千
版　　次	2023年4月第1版　2023年4月第1次印刷
定　　价	30.00元

如有印刷、装订质量问题，请致电010-87681002（免费更换，邮寄到付）
版权所有，侵权必究

目录

I

003　自传

005　制作毒药

007　男孩个人年鉴,1911

010　战争之前

013　恐怖漫画

016　男朋友们

019　维多利亚滑稽表演

022　晕厥

II

027　原材料

III

043　　　黑暗中的谋杀

047　　　徐徐沸腾

053　　　女人的小说

060　　　幸福结局

069　　　面包

074　　　纸页

IV

081　　　缄默

083　　　她

085　　　崇拜

087　　　肖像学

089　　　喜欢男人

094　　　草莓

096　　　他

099	绝望
101	一则寓言
103	手
106	永生
108	第三只眼睛使用指南

1

自传

我记忆中最早的东西是一条蓝色的线。是在左边，湖水消逝于天际的地方。那个位置有一座白色的沙崖，不过从我站的地方你看不见。

右边，湖水收窄化为河，那里有一座大坝、一条廊桥、几栋房子和一座白色的教堂。前方有个小小的石头岛，岛上有几棵树。一些大漂砾散落河岸，锯断的大树躯干涉水而来。

后面有座房子，一条小路往后通向森林，也可以通向另一条路，从我站的地方看不见，但无论如何它就在那里。小路在某处骤然变宽；一个遥远的冬天，伐木工的马经过，燕麦草籽从马头上的饲料袋里掉落出来，现在已经发芽、长大了。鹰隼在那里筑巢。

有一次，石头岛上出现了一具鹿的尸体，被吃掉了一半，闻起来像铁，是铁锈揉进手里跟汗水混合在一起的味道。正是在这种气味里，景观溶解，不再是一种景观，而是变成了别的东西。

制作毒药

五岁时，我跟我兄弟一起制作毒药。当时我们住在城市里，但不管如何，我们可能真的做出了毒药。我们把它保存在别人屋子底下的油漆罐里，将我们能想到的所有有毒物质放入其中：毒蘑菇，死耗子，看起来有毒但实际上可能没毒的花楸浆果，我们还把尿攒起来添进油漆罐。这样罐子一满，里面的每样东西就变得毒性极强了。

问题是，毒药一旦制成，我们就不能把它置之脑后了。我们必须得用它做点什么。我们不想在别人的食物里投毒，但我们想要一个目标，一次完成。我们没有足够憎恨的人，那正是难点所在。

我不记得我们最后是怎么处理这毒药的了。是不是把它留到了那座棕黄色木屋的角落？是不是把它朝谁扔了出去，比如某个人畜无害的孩子？朝大人扔我们是不敢的。这是我记忆中的真实画面吗，一张小脸上淌着眼泪和红浆果液，一次顿悟让我们得知毒药毕竟真的有毒？还是说我们把它扔了，我记不记得那些红浆果液顺着沟渠流淌，流进下水道里？我是无辜的吗？

首要的问题是，我们为什么制作毒药？我仍记得搅拌和添加原料时的喜悦、奇异感和成就感。做毒药就和做蛋糕一样有趣。人们喜欢制作毒药。如果你不明白这一点，你就永远不会懂得任何事情。

男孩个人年鉴,1911

在我祖父的阁楼里,同时还有一架装有几只蝙蝠的簧风琴、堆到屋顶的欧洲平装书;[1]还有一座模特架,当我祖母腰身尚存的时候,她的轮廓被定格在这铁艺金属架中。阁楼散发出腐木和熏鳗鱼的味道,但它有扇窗户,可能是灰尘的缘故,那里的阳光比别处更显金黄。这黄油般的阳光给回声不绝的非洲洞穴染上了金边,地下河在洞穴中流淌,没有一丝光亮,鳄鱼在那里出没,白色的,没有眼睛,守护着

---

[1] 原文的开头无空格,第一个句子也没有主语,应该是有意制造一种断简残章的意味。——译者注(若无特别说明,本书注释均为译者注)

刻有埃及象形文字的隧道入口，入口还武装着致命的蛇和难缠的伏兵，这些伏兵两千年前就被安插在那里保护圣珠箱，不知为何，在这类故事中，圣珠总是黑色的。当故事的主人公把冥然突兀、引人膜拜的圣珠从黑暗中——他们喜欢用污秽这个词——掳走献给其他宗教时，女神将如赤焰般疯狂。拿着半月弯刀的牧师比比皆是，他们像猎犬一样能够嗅出你的气息，他们赤裸的双脚不发出任何声响，直到攻防套路突然上演。每个人都沿山而下，一路狂奔，恋慕着它，疯了似的大喊大叫，子弹砰砰射入身体，身体落入灌木丛，落入激浪，落入等待的船只，在那里，欲行掠夺之事的不列颠岿然站立。

连载的最后一期始终没有出现；它不在阁楼里。所以我在那里，悬宕在故事中途，悬宕在1951年，我停在那里，时不时地，等待结局出现，或者亲手把它完成，在摆满书籍的伦敦书房里喝一口浓烈的白兰地，在水牛头标本下面为上等绅士编造奇闻逸谈，壁炉里火光熠熠；或者在南非大草原上，子弹击中心脏，谁能说清这贪婪的冲动将导致什么？这种对白色盲鳄鱼的欲望。在那些时代，仍有身穿鸵鸟毛的酋长和值得杀戮的敌人，还有忠诚，至少故事里是这么说的。透过阁楼的窗户，透过它金色的尘土和飞扬的果壳，我能看到谷仓，没有上漆，稻草像馅料一样从谷仓的入口流淌出来，我祖母的奶牛就在谷仓一角。如果你没拿干草叉，它就会尽它所能地钩住你。它正在悄悄走向一个看不见的人，可能是我的半个叔叔[1]，他在一战中吸入了毒气，一直没有恢复过来。这些书就是属于他的。

---

1 原文为half uncle，在此half指同父异母或同母异父。

战争之前

过去，战争之前，世道是不同的。你可以在任何一天的五点钟左右走向船坞尽头，投掷几次鱼钩得到你的碧古鱼，用作晚餐或早餐，也可以整晚把它挂在树枝上，免得熊把它弄走。那时熊比较多，它们会在伐木营地附近徘徊，晚上你可以去垃圾场射杀它们，我认识一个使用弓箭的人，如果射不中就不太妙了，不过那更像真正的狩猎，他会顺着血迹进入树林。现在他们已经没有伐木营地了，不像以前那样，冬天，让马把树拖到冰上，到了春天，在轰然巨响中，牵引它们顺流而下去锯木厂。那时他们用的是瑞典锯子和一种双齿斧头，不过现在已经买不到好的了。一旦他们忘了如何制作这些工具，你就得花上好几年时间才能将制作工艺传授给别人，况且现在也没有对这些工具的需求了。他们现在用卡车和推土机，开进林地把那块地方夷平，弄得一团糟，到处是树桩和枯枝，不再有鱼供人谈论，反正它们现在能飞进来，坐着飞机。印第安人也变了，他们以前从不在灌木丛中喝酒，在那里喝酒的总是白人，而印第安人去镇上喝，灌木丛对他们来说太重要了，在里面喝醉很危险，酩酊大醉时你就会放火。在那些日子里，每个人都会出来救火，一有火你就会现身。一阵风吹来，火会跳上树冠，甚至越过岛屿。你会工作，你会不眠不休流汗数日，来扑灭那场火。

现在，他们会故意纵火以得到工作。没人在乎。那只是一个你在周末用快艇啃食水面的地方。在战前的旧时代，那是他们自造的木船，还有一个

五马力的马达。

*

太阳落山了,一如既往地落在西方,桃子色的云彩,有一种战栗,感觉像在等待,但其实不是。没有一丝动静,除了风,还有船坞下面细浪的低语。这里没有人。只要离开这条路一步,就不曾有过一个人,即便是现在,你也会错误地认为一切仍可被拯救。这就是过去的日子,这就是战争之前。

恐怖漫画

我十二岁那年，经常和朋友C从药妆店的货架上偷恐怖漫画。那时一本只要十美分。我们会在放学回家的路上读，用加了音效的广播腔表演不同的部分，以显示我们对其了然于心。血汹涌阴惨，脸又青又紫，尖叫过于夸张。我们靠在殡仪馆外面的矮石墙上大笑不止，以至于C不得不夹紧腿央求我停下来，因为C的母亲禁止她使用学校的厕所，害怕她染上某些不明疾病。

"告诉你，其实我是吸血鬼。"我用谈天的口吻说，我们一路往前走，舔着酸橙冰棒。那是我们花钱买的。

"不,你不是。"C说,语气有些犹疑。

"你知道我是,"我平静地说,"不过你不用害怕,你是我的朋友。"我把声音降了一个八度,"你知道,其实我已经死了。"

"别说了。"C说。

"别说什么?"我无辜地说,"我只是在告诉你事实。"

这段对话持续了从殡仪馆到加油站之间的四个街区。在那之后我们把话题换成了男孩子。

冬天,放学后天都黑了,我们从后面向大人扔雪球,并小心翼翼地避免打中,笑得前仰后合,因为他们甚至不知道自己已经成了目标。有一次,我们果真打中了一个人,一个穿麝鼠皮大衣的中年妇女。她转过身看着我们,脸色惨白,怒目而视。我们跑开了,带着愧疚的笑声尖叫着,捂着肚子向后冲回拐角处的一个雪堆里。

"看她的表情！"我们尖叫着说。

但我们吓坏了。是因为她脸上的表情，纯粹的仇恨，一点都不虚假。未死之人在我们中间走来走去。

男朋友们

有段时间我自己做衣服。是什么驱使我这样做的？是那没完没了拆了又缝、缝了又拆的接缝处吗？是那化作针尖的食指、满地都是的线头吗？我当时十五岁。那时流行公主线，贴着腰线向下摆开，变成拼片的裙子，上面是蓬起的胸部。

我记得那条裙子是粉色的。我穿着它走过田野，右边是购物中心，左边山上的方形砖房鳞次栉比。我拿着书，还有一个笔记本，被称作活页夹的那一种。在我的左臂和房子之间，还走着另一个人，一个男朋友，他没有挨上我。我不记得他的名字，也不记得他的长相了。我只记得那条裙子，还记得当它变旧变小的时候，我剪掉了前面的金纽扣留下来，把裙子扔了。那个男朋友也依然存在，不过是作为一片黑暗的领域。不是说他阴险的意思，他只是树下的一片阴影，一种你无法辨别的味道，皮革和香蕉皮，或者老电影院的前厅，一缕未来的气息。我能看到的，只有那双穿着蓝白运动鞋的脚。

还有另一个男朋友，是跟我一起跳舞的。这是后来的事了，因为裙子是红色的。我可以清楚地看到裙子在他双腿两侧翻飞：我正在往下看。那个男朋友本人也很模糊，因为我没戴眼镜，我出门的时候总是不戴眼镜。我从来不知道他到底长什么样，他也从来不知道我真正的面貌如何，不知道白天我能看清东西时的样子。在那些日子里，我在夜间男人的世界里摸索前行，只靠触觉和嗅觉，被虚荣心蒙蔽了双眼。在一臂距离之外，男朋友们只是轮廓，内核结实，边缘模糊，在停好的车里，路灯透过车窗倾泻下来,让他们散发出光亮。那是春天,即便在日落之后,四处仍满溢着暖泥的气息,还有一轮满月,浸透了须后水和呼吸。男朋友们总是微微有些潮湿。

近距离看,他们都化成了纹理,两平方英寸的皮肤。一只苍蝇的视野,发丝历历分明,既更清晰,又更模糊。在那些时刻,我错过的是他们的光晕,我把手伸进那个模糊的、毛茸茸的椭圆形光环中,只摸到被填满的布料,而且是灰色的。我在看什么呢?火箭在火星着陆,再从火箭里往外看,火星不再焕发光彩。

维多利亚滑稽表演

我去看过两次维多利亚滑稽表演，也许只有一次，另一次是我一个朋友去的，然后告诉了我。两次我都很喜欢。年轻女性去这样的地方会被视为惊世骇俗，我们却觉得很有趣，甚至跟去教堂一样有意思。

你将看到一场单人脱口秀、一部电影、一个唱歌或耍盘子的人，还有脱衣舞表演。他们用了很多彩灯，红色的，蓝色的，紫色的。每个女孩都有一个化名：带她走小姐、干得好小姐、火焰勒鲁。我喜欢这些名字和她们的服装，因为都很有创意，我也喜欢那些技艺娴熟的女孩，她们能旋转流苏，能用腹部和胸部转圈圈。这些都发生在她们不得不把衣服脱光之前，其中有一种艺术性，跟耍盘子差不多。我喜欢看她们在彩色灯池里漂浮，好像是在游泳，好像她们是玻璃后面的美人鱼。

一个女人开始时背对观众，聚光灯打在她身上。她戴着白色长手套，身着一袭黑色晚礼服，当她伸展手臂的时候，礼服上的纱质袖子看起来薄如蝉翼。她用双臂和背部做了许多姿势，但终于转过身来的时候，却是一副苍老的模样。她涂脂抹粉的脸像死人一样惨白，嘴唇是明亮的紫红色，但她已然衰老了。一股羞耻感流遍我全身，事情不再好玩了，我不想让这个女人脱掉衣服，我不想看。我觉得正在被暴露、被羞辱的人是我，而不是舞台上那个女人。他们肯定会戏弄她，朝她大喊大叫，他们肯定觉得自己上当了。

女人拉开拉链，黑色晚礼服滑落下来，然后她开始扭动屁股。她用她那张白色的面具脸和紫色的嘴巴微笑着,牙齿在双唇里间或一闪,像暗淡的白色鹅卵石。这是一次嘲弄,她不是故意的,她知道这一点,这是另一种欺骗,但我们不知道是谁在施展这个诡计。诡异之处在于,诡计突然消失了:舞台上的身体是真实的,它正在老去,它不是飘浮在我们身体之外的聚光灯下,它和我们一样,也被卷入了时间。

维多利亚滑稽表演消失了。没有人发出一丝声响。

晕厥

你直立着,以通常的方式双脚着地,然后突然间,你有了一个不同的视角——树的根部而不是枝繁叶茂的树冠,地板的特写,没有任何间隔,除了一次收窄和一阵急促的声响,就像翅膀扑闪声,但不是天使的翅膀。

第一次我九岁,在一座蒸汽供暖的维多利亚式建筑里,我在一群穿冬衣的人中间观看小鸡胚胎的展示,一天大的,五天大的,每一个都猛然停止生长,被装在瓶子里。还有双胞胎,是人类的,一模一样,异卵双生,它们的动脉和静脉被注入彩色橡胶，体内还保留着海珊瑚一样的紫色胎盘，现在有些发灰了。随后，我两眼朝天，看到一片帆布套鞋和腿的森林。我不记得自己弯腰，也不记得头撞到地板的那个瞬间了。

另一次，我提着一篮子碎玻璃沿码头前行，我绊倒了，摔了一跤，手指被割到骨头。我坐起来，向伤口里看，检查身体；一时间并没有流血，我能看见，真的割到了骨头，因为骨头就在那里，一点都不深，在我眼前闪着光，像眼球一样白。那时我年龄大一些了，所以我一听到那些翅膀扇动，就放下篮子。伤口刚好在手指关节处，后来没有留下疤，我还挺想念它的。你总希望有东西可以展示。

后来还发生过更糟糕的事，但那只黑鸟却一直没有出现。当你看到不想看到，或者无法忍受看到的东西时，你就会晕倒。总有一天，在一片没有太阳和月亮的土地上，那只鸟会在遥远的无叶树上鸣叫，说我会回来的，到时你将发现我的仁慈。

原材料

音乐。我们为何旅行?换句话说,我们在这里做什么?现在是淡季,天气雾蒙蒙的,没什么机会晒到太阳。想要浪漫情调的人都在那边的酒吧里,三个男人用非常高亢的嗓音和木管乐器为他们表演小夜曲。而我们这些想要真实体验——不管那到底是什么——的人,都在这边围坐在小桌旁,孜孜不倦地从报纸袋里拿虾吃,挤上柠檬,再蘸一点盐,俨然一副专家和本地人的模样。身后,是气喘吁吁的灰海。真实体验,那就是我们想要的东西,那意味着梅斯卡尔[1]酒瓶中有一条真实的虫子。不过，你永远不知道能相信谁。虫子也可能是假的。

这个男人既不想要浪漫情调，也不想要真实体验。他有公务在身，他只想找人聊聊天。用他的话来说，就是讲讲英语。那个人就是我，尽管他都不喜欢虾。他很年轻，我问过了，三十岁，有漂亮的牙齿、金色的胡须和跟牙齿不太相称的下巴。他大部分时间都在微笑，一双眼睛会被涉世未深的人视为坦诚。他的语调暗示了花花公子和波本酒，但他把控得很好。他把一切都把控得很好。他告诉我，他已经有过一个妻子了，他总是在外面。压力很大。

今天他休息。明天他得去别处，去附近的一个镇子。一个船长失踪了。有人看见他进了一家妓院，但没人看见他出来。这个男人逛遍了城中的妓院，只为找到合适的一家。如果不能锁定船长的位

---

1 Mescal，以龙舌兰蒸馏制成的酒，主要产地在墨西哥。

置,不管他是死是活,寡妇都会得到一百万美元,船东们自然不愿付这笔钱,除非万不得已。

这不是很危险吗?我说。

妓院是这里最安全的地方,他说,它们得维护自己的声誉。我总是带着警察一起去。

然后呢?我说。

大多数情况下,你一次次去就可以了,直到挖出知情人,他说,然后你再打听打听他们收多少钱。

你的意思是贿赂?我说,我来自更遥远的北方。

事情就是这么运转的,他说,这就是一切事务运转的方式。我喜欢阿拉伯人,他们什么都摆在桌面上。甚至给你写下来:他们想要多少钱,为什么。你不用再处处小心翼翼。而在这里,他们让你猜来猜去,如果你哪里猜错了,他们要么会觉得大受冒犯,要么就认为你是个傻子。

你有没有害怕过?我说,你带枪吗?

如果害怕,他说,我就会走开。我经常害怕,所以我经常走开。没有什么值得你献出生命。他这么说不是为了让人难忘，这就是他的真实想法。

但你一定喜欢旅行，我说，希望为他补偿些什么。

他微微一笑，他喜欢的东西并不多。这是工作，他说。

我又吃了一个虾，先把尾巴剥开，想知道这段话是否属于真实的经验。一个音乐家向我们走来，他以为我们是情侣，很快我们就会被昂贵的音乐所淹没。

乞丐。食物怎么样？你回来时他们会这样问。很难描述，你会说，然后开始描述起来，这会令人人都开心。当然，食物是有的，虽然并不总是期待中的样子。比如说，买颗凤梨试试。

在热浪中，我们围坐于锡桌旁，喝当地的啤酒，吃一种葡萄干小面包。我们身后的墙上陈列着各式各样的绳结。一个皮肤黝黑的老男人走进来,拖着脚走路的样子让我们觉得很夸张。他只剩下两颗牙齿,胡子也该刮一刮了。

他微笑着,想跟每个人握手。我们三个人都跟他握了手,并且面带微笑。他可能不会说话,也可能假装不会说话。不管如何,他握紧拳头,用来表示(我觉得)婚姻或性的结合,并指了指我的朋友,然后又指了指跟我一起的那个男人。他弄错了,我们纠正了他,一直微笑着。他点了点头,重新来了一遍,每个人都笑得发狂。我们总是追求真实体验,但也有一些东西可被称为旅游套餐。

他碰了碰我的肩膀,右手手指拈在一起。我们不清楚那是什么意思。我们讨论了一番。他不耐烦地转过身去,走到门口,背对着我们站在那里。

我觉得他想要钱,我说。不给乞丐钱会不会很不吉利?

他弯曲的背部突然变得不祥。谁知道他在想什么，在朝我们的方向发射什么诅咒？我们翻出一些硬币，拿在手里以防万一，当他渐渐飘向我们的时候——现在他开始绕圈子了——无须他开口，我们就会把硬币给他。我们又安全了。

但是，当我们的男人、我们的守护者离开桌子去结账的时候，乞丐又回来了。他想在那些可怕的小圆面包中挑一个吃剩下的，它躺在盘子里，被咬过了，湿漉漉的，像被大雨中断的野餐上的东西。他指指小圆面包，又指指他自己。我把面包给了他，他带去门口，吃掉了。

现在我们收起袋子和相机，把椅子往后刮擦开。乞丐又来了，在我们中间推来搡去，比刚才还要急切。这次他没笑，他想要的越来越多。什么时候才能罢休？如果我们不小心，他会一直跟我们到酒店，翻过墙壁，跟我们一起挤上飞机，直到有一天出现在我们前院的草坪上。他不肯再扮演乞丐了，也不肯让我们继续扮演拮据但乐善好施的游客,他在激怒我们,这就太过分了。

走开,我们说。我们用手做出驱赶的动作,好像他是一只鸟。他又笑了,重新溜回他的角色,他的戏服,他那傻子圣徒般的咧嘴大笑,两颗牙齿,满嘴的无辜和狡诈。他几乎松了一口气。他走了。

食物怎么样,他们会问。乏味,你会说。很多鸡肉。不要吃沙拉,你会吃得狼狈不堪。别喝水。

帕伦克[1]。我恐高,但不害怕狭小黑暗的空间。你害怕狭小黑暗的空间,但你不恐高。还有更适合我们去的地方吗?

今晚吃鸡肉,pollo[2],我学到的第一个词,裹着巧克力酱吃;还有法式薯条,就像蒲公英到处散落。我们比坐对面的男人多付了一倍的钱。他是当地人,还是警察局局长,吃饭的时候一直佩带着左轮

---

1 帕伦克是一处玛雅文化遗址,位于今墨西哥恰帕斯州境内。
2 在意大利、西班牙、墨西哥料理中,意为鸡肉。

手枪。我盘子里的鸡肉在巧克力酱里打滑，跟我们透过火车车窗看到的其他鸡一模一样，也在褐色泥浆里打滑，被狗追赶，狗被小男孩追赶，小男孩则被穿着白色绣花长裙的女人追赶，我还没有学会如何在市场上为这种裙子讨价还价，浓荫掩住市场，在雨中越发苍郁。透过车窗看过去，景色一派闲适。

清晨，工厂的烟雾从四周升起，我们穿过烟雾爬上山，嘲笑那些偶尔从我们身边经过的游客大巴，它们甚至都没坐满。这值得吗？我们想。值得是指你得到的和你投入的之间的不适关系。不管你得到什么，都必须能弥补蚊虫叮咬还有火车上的木糠三明治，而别人都知道那最好不要买。

就是这里了，一座接一座寺庙，小巧，完美，几乎仍旧充满活力。但台阶太陡了，它们被故意建成这样，好让你永远无法背弃神明。我爬不了这些台阶。不是因为我害怕摔下来，高度冲昏了我的头脑，我开始相信我真的会飞。

看着前方就好了，你说，不要回头看，不会有事的。

但我不信，我停在地面上，看着你一直往上，往上，朝向什么？一些真实的东西。嫉妒驱使着我，我绕到后面，这里也不是那么糟糕，我攀上一处滑坡，一直攀到最顶端。

除了建筑和零散的游客，这里也不剩什么东西了。但现在轮到你了：沿着台阶往下走，进入金字塔内部，朝着导览手册上最深、最令人兴奋的墓穴走去。那里漆黑狭窄，你的膝盖开始失去知觉，我们手牵着手往下走，在湿漉漉的石头上滑动。

这是奴隶和嫔妃被杀死的地方，他们的尸体被留在这里看守门户，堵上了最后这扇门。这就是最后的房间。但他们把东西都拿走了：国王，黄金面具，还有让国王永垂不朽的玉石，如今都在千里之外的一个博物馆里。墓穴空空荡荡，墓穴本就该空空荡荡。从导览手册里是搞不清这一点的。

我们记住的并不是缺席的国王,而是恐惧。

美洲豹王座。我们站在队伍中,去看美洲豹王座。快到圣诞节了,到处人满为患,寺庙改建成十美元一间的旅馆,洗手间踵趾相接,满眼浅色拖鞋,橘子皮和其他气味混在一起,还有摇摇欲坠的、内壁上遍是涂鸦的山顶寺庙也人潮拥挤,但这可能是我们最后的机会了,谁知道我们何时能再踏上这条路?

美洲豹王座嵌在一座金字塔中。首先你要从地表出发,进入一条狭窄的隧道,沿着它一路向前,那里窄得仅供容身,古老的石头潮湿得令人不快,如死水塘般覆盖着一层表皮。只有一条通道,已经看过美洲豹王座的人正在往回走,从我们身边推搡而过,把我们挤到墙皮上。他们忙不迭地回到外面的空气中,我们热切地打量着他们的表情:值得看吗?

一些小灯泡沿着隧道顶连成串,电线垂挂在

它们之间。隧道顶越来越低。空气潮湿而凝滞。队伍缓慢移动。我们前面都是人们的后背，饱经日晒的颈部，还有被腋下的汗水浸透的衬衫和裙子。没有人说话，但沉重的空气中似乎充满了窃窃私语。在我们前面，几级台阶之上，转角处，看不见的地方，美洲豹王座蹲伏在一个方形隔间里，它的红宝石眼睛发出熠熠之光，它的牙齿栩栩如生，它的意义已然失落。是谁最后使用了它？用来做什么？它为什么被放在这里，在这与世隔绝的黑暗之所？

一行人向前进入暗无天日的地方。肯定曾有队列经过，举着因氧气不足而逐渐暗淡的火把，人们戴着面具，不管是否情愿。美洲豹王座并非一直都是奇观，是圣诞节时要去看的东西。它只是曾经需要展现献祭之恩的神灵。他们在这里玩过一个游戏，在外面的庭院里，墙壁上镶嵌着石环。如果你这一方输了，就会被砍下脑袋。那便是石雕的内容，一个男人的身体，头的位置是一个喷泉：被庇佑的失败者让天下起雨来。隐喻可能是危险的。不是人人都想看到美洲豹王座，但有些人到底还是看了。

在我们前面，一个女人尖叫起来。恐惧沿着队伍蔓延，你能感觉到它从一个身体跳到另一个身体，汹涌向后，不到一分钟，我们就会被冲散、被碾碎。然后传来谣言，传来低语：一只蜘蛛罢了。但我们还是被困住了，隧道堵塞，我们动弹不得，我们站在死寂的空气中，听着自己的心跳，现在我们知道答案了：美洲豹王座就困在我们心里，永远出不去了。

水神。 很久以前，这个山洞是被封锁起来的。你可以从遗留的画面中推断出当时：他们在画六条腿、金属脑袋的生物，一些怪物，它们从带有邪恶和灾祸标识的白翼巨船中游上岸来。他们焚烧人类，用吐出火舌的棍棒杀死他们。这就是画面中的场景。现在他们正向南走来。

祭司们不想让怪物发现这座洞穴并据为己有。他们打碎了祭器和神像，释放出神灵的精魂。他们把陶制胸甲丢弃在巨大的山洞中，山洞中央的柱子上沾满了干血手印。他们退到洞外，沿路筑起围墙：第一道是石头墙；在第二道墙边他们放了一堆碎石，制造出大地耸动、灾难肇生的假象。祭司们失去了魔法，泯然众人，既无法守护众生，也无法被众生所守护，他们也和众人一样，或遭屠杀，或被奴役。

现在，我们正重走他们的路。说实话，我宁愿待在天井中，沐浴着黄澄澄的阳光，喝咖啡牛奶，观察笼子里的巨嘴鸟，但在这个国家，你身不由己地走向黑暗的地方。我们低着头穿过第一道低矮的门廊。廊顶就在我们头上不远处，树根穿透它生长下来，把它固定在那里。到了第二道门，我们就必须匍匐前进了。

穿过这道门便是中央洞穴，在这里，你仍能闻到恐惧和火把上的燃油味。柱脚边堆着一些碗，还有面具，彼此嵌套在一起，上面打着洞，灵魂业已消失。沿着岔路向左是一条走廊，那里有一排小小的祭坛：每个祭坛上都放着一个盘子，不比洋娃娃的盘子大，每个盘子上都放着一粒布满灰尘的玉米，小心翼翼地放在那里，好让人们那一年能吃上饭。一切都保留着原来的样子。

走廊的尽头有一座地下喷泉，一湾浅浅的湖泊，湖水清澈如眼泪，点染着少许蓝色。苍白而迟钝的鱼在湖里游动，可能瞎了眼。湖水中央就是水神，面带愁容，漂浮在石头上，与蓝色池塘中的倒影成双成对。我们没法判断他是否遭受过破坏。可能他们觉得水神能照管好自己。

我们沿着走廊往回走，什么都没碰，知道自己是擅自闯入的，误入了一个孩子的严肃而笃信的游戏，并把一切都毁了。

黑暗中的谋杀

这游戏我只玩过两次。第一次是五年级的时候,在一个大房子的地下室,房子属于一个名叫露易丝的女孩的父母。地下室里有张台球桌,但我们都对台球一窍不通。还有架自动钢琴。我们转动自动钢琴里的打孔纸卷,看着琴键自动上上下下,类似的画面在最近一场电影里出现过,后面紧跟着就出现了死人。但很快我们就厌倦了。当时我爱上了一个叫比尔的男孩,比尔喜欢露易丝,另一个我已经忘记名字的男孩喜欢我。至于露易丝喜欢谁,没有人知道。

所以我们关掉地下室的灯，玩起了"黑暗中的谋杀"，男孩们很开心，因为他们可以把手绕在女孩脖子上；女孩们也很开心，因为她们可以尖叫。那兴奋劲儿让我们难以自持，好在露易丝的父母回来了，问我们知不知道自己在干什么。

第二次我是和成年人一起玩的，不那么好玩了，但颇费脑筋。

我听说，曾有六个正常人和一个诗人在一间消夏小屋里玩过这个游戏，而诗人的确试图杀死某个人。他之所以未能得逞，仅仅是因为一条狗的干预，这条狗分不清幻想和现实。游戏的关键在于，你必须知道什么时候停下来。

以下是游戏规则：

把一些纸片折叠好，放进帽子或碗里，或者放在桌子中央。每人选择一张。抽到X的是侦探，抽到黑点的是凶手。侦探关上灯，离开房间。所有人都在房间里四处摸索，直到凶手选中一个受害人。他可以低声说"你死了",也可以偷偷绕住一个人的脖子,假装一掐,动作要果断。受害人尖叫倒地。这时每个人都要停下来,但凶手除外,因为他当然不想被发现离尸体太近。侦探从一数到十,打开灯,走进房间。现在他可以审讯所有人,但受害人除外,受害人已经死了,不允许作答。每个人都必须说实话,凶手除外,他必须撒谎。

如果你喜欢,还可以给这个游戏变换花样。你可以说:作者是凶手,读者是侦探,书是受害人;或者作者是凶手,评论家是侦探,读者是受害人。在后一种情况下,书将成为整个场景调度,包括那盏不小心被踢翻的台灯。但实际上,单纯玩游戏会更有意思。

无论如何,身处黑暗的都是我。我对你图谋不轨,我正在谋划我的罪恶,我把手伸向你的喉咙,或错误地伸向你的大腿。你能听见我步步紧逼,我穿着靴子,带着刀,也可能是把珍珠柄左轮手枪,无论如何我都穿着软底的靴子,你能看见我的香烟发出电影般的光芒,明灭在房间的雾气里,街头的雾气,房间的雾气,尽管我并不抽烟。当尖叫终于止息而你打开灯的时候,只需记住这一点:根据游戏规则,我必须一直撒谎。

  那么,你相信我吗?

徐徐沸腾

一切都是从后院开始的。起初，男人们主要关注热度、烟雾以及手执长叉狠狠戳下去。妻子们将铁轨条纹的围裙送给他们，用胸前印着的标语——辣小伙，大老板——来鞭策他们。然后在谁该洗碗这个问题上，一切又都乱了套，你总不能永远指望纸盘子，大约在那段时间，妻子们厌倦了制作焦糖奶油布朗尼，制作果冻沙拉佐以胡萝卜碎和小棉花糖，她们想去赚钱，而事情都是一连串发生的。妻子们说，一天只有二十四小时；而男人们，在那个世纪仍以自己的理性为傲的男人们，不得不承认事实的确如此。

有段时间他们想出了解决方案：男人负责更有阳刚之气的食物，如烤肉、肋排、牛排、死鸡、死鸭、鸡胗、鸡心，也就是所有那些显然已被宰杀、明显放过血的东西；妻子们则负责其他事情，糖浆欧防风[1]和搅打梅干，所有那些要么开花、要么结果、要么是中间软绵绵的东西。如此相安无事十年。人人都赞美男人，好让他们保持干劲，而妻子们则自觉躲过了一劫，她们早上带着簇新的公文包溜出家门，手里攥着巴士车票，因为休旅车在男人那里，他们得把动物尸体运回家。

但时间不是静止的，男人们拒绝留在原地。他们不愿被隔绝在自己的厨房里，并且越来越不允许妻子们进入厨房，因为男人们说了，他们可没把刀磨好，或许压根儿都没磨过。男人们开始购置厨房

---

[1] 民间也称之为"芹菜萝卜"。

电器,利用周末的时间拆卸零件上油。起初发生了一些事故,几个人失去了手指和鼻梁,但男人们很快就掌握了窍门,并开始涉足其他领域:自动肉豆蔻研磨器、电动开罐器。在鸡尾酒会上,他们三三两两聚在房间一头,交换私人菜谱和烹饪奇谈,还有一些小故事,讲的是在最后关头被勇敢拯救下来的舒芙蕾、失去控制而不得不与之抗争到底的梨子薄底比萨。有些故事里包含了不雅的词句,比如鸡胸。的确,性隐喻正在发生变化:碗和叉子变得很惹眼,而打蛋器、压力锅和火鸡汁吸管[1]这类词,则只有最出格的年轻女人、认为自己给面包涂黄油是一种享受的女人,才敢于在男女同堂时说出口。烹饪技艺不佳的男人们徘徊在这些团体的边缘,不敢多说话,羡慕着那些经验丰富的年长男人,希望自己有朝一日也能成为那样的人。

---

1 火鸡汁吸管:一种料理滴管,烤火鸡时,用它吸取烤盘底部汁水,再将汁水淋在火鸡上,让火鸡上色均匀,防止鸡肉变柴。

不久,男人们大规模辞去工作,这样就能有更多时间待在厨房里。杂志上说这是一种现代趋势。妻子们则被赶入职场,不管她们想不想去:总得有人挣钱,她们可不想让丈夫的阳刚之气受到折损。如今,男人在社区中的地位主要取决于切刀的长度,取决于切刀的数量及其锋利程度,取决于这些切刀是平凡无奇还是珠光宝气。

会员制的俱乐部和秘密社团应运而生。现在,男人们初次见面时会交换一种特殊的握手姿势——贝夏美酱[1]式搅拌,巧克力慕斯式双手抓握——来证明自己已经被接纳入会了。如今,女人们压根儿不进厨房了,免得被认为没有女人味儿。人们向她们指出,大厨(chef)毕竟是大佬(chief)的意思,搅拌大师[2]很常见,但从来没人听说过搅拌主妇。

---

1 贝夏美酱(Béchamel),一种简单的白色酱汁,主要由面粉、黄油以及牛奶边加热边搅拌制成。
2 搅拌大师(Mixmaster),一种厨用万能搅拌器的品牌名称。

讨论妇女厨房嫉妒症之起源及其治愈方法的心理学文章开始在杂志上出现。有人建议将舌尖截断,而且,如你所知,这在发达国家已经成了一种普遍的做法。人们说,如果上天想要女人做饭,造物主就把切刀做成圆形了,并在上面打上孔洞。

这是历史,却并不为人熟知。它仅存于少量未遭破坏的档案以及类似这样的手稿里,从一个女人传到另一个女人,通常是在夜里,通过手抄或记诵。仅仅写下这些文字,我就已然触犯了天规。我冒着失去个人自由的风险做这件事,因为现在,在经历了几百年的停滞之后,希望的征兆再度出现,因此变化再次成为一种可能。

穿细条纹套装的女人流放到客厅,在那里,她们顺从地从玻璃杯里啜饮男人们奉上的波特酒,不安地坐着,沉默着,听着男人们的高声嘶吼和略带嘲讽的笑声从紧闭的厨房门后传出来。但她们已经开始窃窃私语了。当她们跟信任的人在一起时,就会讲起很久以前的事，迷失在传奇的烟雾中，阁楼箱子里发现的成包成捆的信件，废弃庙宇中玄而又玄的壁画，都留下了这个传奇的隐约痕迹。把献祭的面粉变形成神圣的面包，如今，这一仪式体现了我们这个社会最深刻的宗教信仰，而在那时，女人们也被允许参加这样的仪式。晚上她们会做梦，漫长而诡秘的梦，被重重阴影混淆蒙蔽。她们梦见自己把手插入大地，血红柔软的大地，乳白温暖的大地。她们梦见大地在自己手中聚拢起来，膨胀着，变幻着形状，绽放出千姿百态的花朵，也为她们绽放，再一次为她们绽放。她们梦见了苹果，她们梦见了世界的创造，她们梦见了自由。

女人的小说

献给丽诺尔

/ 1 /

男人的小说是关于男人的。女人的小说也是关于男人的,不过换了个视角。男人的小说里可以没有女人,也许房东或马除外,但女人的小说里不可能没有男人。有时候,男人也把女人放进自己的小说,但他们总是漏掉某些部分:比如说头,或者双手。女人的小说也会漏掉男人的某些部位:有时漏掉肚脐眼和膝盖之间的那部分,有时漏掉幽默感。

男人披着斗篷,在疾风中,在旷野中,很难拥有幽默感。

女人写的小说不一定能讨男人欢心,但众所周知,男人写的小说总能讨女人欢心。有些人觉得这匪夷所思。

/ 2 /

我喜欢看这类小说:女主人公的衣服小心翼翼地在她胸前簌簌作响,或者她的胸部小心翼翼地在她的衣服下面簌簌作响。无论如何,得有一套衣服、一些胸部、一些窸窸窣窣,以及最重要的,要有小心翼翼。全方位的小心翼翼,像雾,像瘴气,透过它,事物的轮廓只能隐约浮现出来。

透过愁容瞥见的一抹粉红,呼吸的声音,滑落到地板上的绸缎,都揭示了什么?别放在心上,我说,永远别放在心上。

/ 3 /

男人偏爱坚毅而冷酷的男主人公：对男人坚毅，对女人冷酷。有时这个主人公对女人心软起来，但终归是个错误。女人不喜欢坚毅而冷酷的女主人公。相反，她们必须坚毅而柔软。这引发了一些语言学上的困难。上次我们看的时候，单音节词是雄性的，虽占据主导但地位正在下滑。双唇般的多音节词像章鱼臂膀那样包裹着他们，用蛛网般的恩慈向他们低吟：亲爱的，亲爱的。

/ 4 /

男人的小说关乎如何获取权力。杀戮种种，胜利种种。女人的小说也是，但方法不同。在男人的小说中，得到权力的同时就得到了女人或女人们。那是奖赏，而非手段。在女人的小说中，你通过获取男人来获取权力，男人即权力。但性是不会奏效的，还必须有爱。你以为所有那些双膝着地是为了什么？男人跪在裙摆之间，跪在波斯地毯上。或者男人至少对女人说出爱。当其他一切都缺席的时候，仅仅将爱付诸语言也就够了。*爱*。好了，现在你可以站起来了，它并没有害死你。对不对？

/ 5 /

我再也不想读那些悲伤的东西了。那些暴力的东西，扰乱人心的东西，所有类似的东西。结尾不能有葬礼，但中间可以有一些。如果一定要有死亡，那么请出现复活，或者至少有个天堂，好让我们知道自己身在何处。压抑和污秽属于那些二十五岁以下的人，他们能够承受，甚至喜欢，他们还有足够的时间。但对你来说真实的生活是很糟糕的，长时间把它握在手里，你会长粉刺，会变得意志薄弱，还会失明。

我想要幸福,确凿的承诺,快乐环绕四周,小说的书封上要有护士或新娘,聪明的女孩,但不要太聪明,牙齿整齐,亭亭玉立,双乳对称,面无杂毛;你能靠她找到绷带,她能把男主人公——那个潜在的浪子或杀手——变成仪表堂堂的乡村绅士,让他拥有干净的指甲和得体的词汇。他随时恭候,且必须说:直到永远。我再也不想读那些结尾不是"永远"的书了。我只想有人抚平我的眉间,用仅此一种方式。

/ 6 /

有人认为女人的小说里丝毫不涉政治;有人认为它是关于关系的一切;有人认为它里面有很多手段[1]——我指的是医学手段;有人认为它不会广阔而

---

[1] 原文为operation,既有操纵、手段的意思,也有医学手术的意思,为保持前后一致,在此统一翻译为"手段"。

全面地展示我们这个激动人心的时代。而我呢，好吧，我只想要一些可以放在咖啡桌上而不必担心孩子们会被吸引的东西。你认为这不是一个真正的考量吗？不，你错了。

/ 7 /

她有双野鸟般惊恐的眼睛。这就是让我发疯的那种句子。我希望能毫不羞怯地写出这样的句子。我想毫不羞怯地读出它们。如果我能做到这两件简单的事，我觉得，我就能像包裹在天鹅绒里的珍珠一样度过我的有生之年。

她有双野鸟般惊恐的眼睛。哈，哪种野鸟呢？猫头鹰，还是布谷鸟？这两者确有不同。我们不需要更多有想象力的教条主义者。当读到瞪羚似的身体时，他们很难不想到肠道寄生虫、动物园和臭气。

她拥有野生动物般不羁的眼神。我读到。我不情愿地放下书，拇指仍插在那令人兴奋的时刻。当她的双乳被挤出裙子时，他就要把她压在怀里，用他炽热、贪婪、坚硬、饥渴的双唇对准她，但我无法集中精力。隐喻牵着我的鼻子，把我引入迷宫，突然间，整个伊甸园横陈在我面前。豪猪、黄鼬、疣猪和臭鼬，它们野性的目光或恶毒，或乏味，或呆滞，或肮脏而狡诈。真是痛苦，看见浪漫的悸动就在触不可及的地方颤抖，一只黑翅膀的蝴蝶黏在熟透的桃子上，既不能将其咽下，也不能淹留其上。哪一种？我对着没有反应的空气喃喃自语，哪一种？

幸福结局

约翰和玛丽相遇了

接下来发生了什么?

如果你想要一个幸福的结局,那么试试A

/ A /

约翰和玛丽相爱,然后结婚了。他们各自从事着一份颇有价值且收入不菲、令人振奋且很有挑战性的工作。他们买了一栋可爱的房子。不动产升值了。渐渐地,当他们能够负担得起家政服务时,他们生了两个孩子,他们爱极了这两个孩子。孩子们茁壮成长。约翰和玛丽拥有令人振奋且具有挑战性的性生活以及很有趣的朋友。他们一起享受快乐的假期。他们退休了。他们拥有各自的兴趣爱好，令人振奋且很有挑战性的那种。最后他们死了。这就是故事的结局。

/ B /

玛丽爱上了约翰，但是约翰没有爱上玛丽。他仅利用她的身体获得一己快感和一种寡淡的自我满足。他每周去她的公寓两次，然后她做晚饭给他吃，你会注意到，他甚至觉得她不值得被带去餐厅，他吃完晚饭就操她，然后倒头便睡，而她会去洗碗，免得让他觉得自己不爱整洁，脏盘子摆得到处都是。她会重新擦上口红，这样当他醒来时就会看见她姣好的面容。可惜他根本注意不到。他穿上袜子、内裤、外裤、衬衫、领带和鞋子，和脱下来的顺序刚好相反。他不帮玛丽脱衣服，每次都是她自己脱，而且表现得如饥似渴，倒不是因为她多么喜欢做爱，她不喜欢，但她想让约翰觉得她喜欢，因为只要他们做得足够频繁，他就一定会习惯上她，继而依赖她，然后他们就会结婚。但是约翰走出家门，连句晚安都不说，三天之后的六点钟，他会再度出现，然后他们将重复整个过程。

玛丽崩溃了。哭对脸不好，人人都知道，玛丽也知道，但她停不下来。同事都注意到了。她的朋友们对她说，约翰是只耗子，是头猪，是条狗，他根本配不上她，但她不肯相信。她觉得约翰的身体里有另一个约翰，这个约翰要友善很多。只要第一个约翰挤压得足够用力，另一个约翰就会出现，如同蝴蝶破茧而出、小丑跳出盒子、果核挣脱酸梅。

有天晚上约翰对食物发了一通牢骚。他从来没有抱怨过食物。玛丽很受伤。

朋友们说看到他跟另一个女人在餐厅里，女人叫玛琪。最终刺激到玛丽的不是玛琪,而是餐厅。约翰从没带玛丽去过餐厅。玛丽搜集了她能得到的所有安眠药和阿司匹林,就着半瓶雪莉酒吃了下去——甚至都不是威士忌,这下你能看出她是哪种女人了。她给约翰留了一条消息,希望他能发现并及时把她送往医院,随后幡然悔悟,接着他们就会结婚,但这些并没有发生,她死了。

约翰娶了玛琪,一切照A进行。

/ C /

约翰,一个较为年长的男人,爱上了玛丽,而玛丽只有二十二岁,她为约翰感到惋惜,因为他为脱发的问题困扰不已。虽然她不爱他,但还是跟他上床了。她是在工作场合遇见他的。她爱的是一个名叫詹姆斯的人,也是二十二岁,但詹姆斯还不想定下来。

相反，约翰很久以前就定下来了：这正是困扰他的地方。约翰拥有一份稳定的、受人尊敬的工作，是自己所在领域的佼佼者，但玛丽并没有被他打动，她被詹姆斯吸引了，詹姆斯有辆重机车和数量惊人的唱片收藏。但詹姆斯总骑着他的重机车在外面，逍遥自在。女孩子们对自由有不同的看法，所以在这期间，玛丽每周四晚上都和约翰在一起。周四是约翰唯一能脱开身的日子。

约翰娶了一个名叫玛琪的女人，他们有两个孩子，一栋可爱的房子，是在不动产价格上涨之前买的，闲下来时，他们还拥有令人振奋且具有挑战性的爱好。约翰告诉玛丽她对他来说有多重要，但是，当然，他不能离开他的妻子，因为承诺就是承诺。他一直重复这个问题，超出了必要的程度，玛丽觉得这很无聊，但年长的男人坚持的时间更长，所以总体而言玛丽过得很愉快。

有一天，詹姆斯骑着他的重机车一阵风似的来了，带着一些顶级的加利福尼亚混合毒品。詹姆斯和玛丽爽翻了天，远超你的想象，他们爬上了床，一切都变得如在深潭中，这时约翰来了，他有玛丽公寓的钥匙。他发现他们迷迷瞪瞪地缠绕在一起。考虑到玛琪，他几乎没有任何资格吃醋，但尽管如此，他还是被绝望征服了。他业已中年，再过两年就会秃得像个鸡蛋一样，对此他无法忍受。他买了一把手枪，说需要用它练习打靶——这是情节中薄弱的部分，可以放在后面处理——然后开枪打死了他们两人和他自己。

度过了一段适当的哀悼期后，玛琪嫁给了一个善解人意的男人，男人叫弗雷德，一切照A进行，但名字都变了。

/ D /

弗雷德和玛琪诸事顺利。他们的关系格外和

睦，他们善于解决任何可能出现的小问题。但他们那栋可爱的房子在海边，一天，巨浪袭来，不动产贬值了。剩下的故事是关于浪头产生的原因以及他们是如何逃脱的。尽管数千人被淹死，但他们成功了。故事的一部分内容是关于那几千人是怎么淹死的，但弗雷德和玛琪善良又幸运。最后在高地上，他们紧紧抓住对方，湿淋淋的，满怀感激，随后继续照A进行。

/ E /

是的，但弗雷德心脏不好。剩下的故事是关于他们两人如何友善而通情达理，直到弗雷德去世。然后玛琪全身心投入慈善事业当中，直到A的结尾。如果你喜欢，故事可以是关于"玛琪""癌症""内疚与困惑""鸟类观察"。

/ F /

如果你觉得这一切都太中产了,那么把约翰变成革命者,把玛丽变成反间谍人员,看看这能让你走多远。记住,这里是加拿大。你最终还是会得到A,但在中间部分,你会得到一个淫荡而喧嚷的激情恋爱传奇,一部我们这个时代的编年史——算是吧。

你将不得不面对这一点:无论你怎样切分,结局都是一样的。不要被任何别的结局所欺骗,它们都是假的,要么是有意弄虚作假,怀着恶意欺骗;要么是被过度的乐观主义所驱使,如果不是十足的感伤主义的话。

唯一真实的结局如下:

约翰和玛丽死了。约翰和玛丽死了。约翰和玛丽死了。

关于结局就讲这么多。开头总是更有意思。然而，众所周知，真正的内行更偏爱中间那一段，因为那是最难的部分，完全无计可施。

关于情节只能说这么多，反正就是一件事接一件事，一个什么接一个什么接一个什么。

现在试试**如何**以及**为何**。

面包

想象一块面包。不用想象,它就在厨房里,面包切板上,盛在塑料袋里,躺在一把面包刀旁边。面包刀有些年头了,是你在一次拍卖会上搞到的,木头刀柄上刻着"面包"的字样。你打开塑料袋,撕下包装纸,给自己切了一片。你在上面抹上黄油,然后抹上花生酱,然后是蜂蜜,接下来你把面包对折。有些蜂蜜流到手指上,你把它舔掉。吃面包花了大概一分钟时间。面包刚好是黑面包,但也有白面包,在冰箱里,那里还残留了一块裸麦面包,是你上周买的,当时它圆滚滚的像个吃饱的胃，而现在已经开始发霉了。你偶尔会做面包。你觉得那是一件令人放松的手工活儿。

*

想象一场饥荒。再想象一块面包。这两件事都是真实的，但你只能恰好跟其中一个共处一室。把自己放进另一个不同的房间，这便是思想的用途。你正躺在一块薄薄的垫子上，在一个酷热的房间里。墙用干土砌成，你妹妹跟你一起在房间里，她比你年轻。她快饿死了，她的肚子胀鼓鼓的，苍蝇落在她眼睛上，你用手把苍蝇赶走。你还有块布，脏乎乎的，但是很湿润，你用布蘸了蘸她的嘴唇和额头。那块面包你一直舍不得吃，似乎过去很多天了。你跟她一样饥肠辘辘，但不像她那么虚弱。这要多久才能过去？什么时候才会有人带来更多面包？你想出去看看能不能找到什么吃的，但大街上食腐动物成群出没,到处都是尸体的恶臭。

你该跟妹妹分食那块面包呢,还是把一整块都给她?你可以独自享用吗?毕竟,你活下来的概率更大,你更强壮。做出决定需要多长时间?

*

想象一座监狱。你掌握了一些事情,但还没将其公之于众。那些掌管监狱的人知道你知道。那些不管事的人也知道。如果你说出来,三十个、四十个或一百个你的朋友、你的同志就会被逮捕并且死去。如果你拒绝说出来,那么今夜就会成为你的最后一夜。他们总是选择在夜里动手。但你关心的不是夜晚,你思考的是他们给你的那块面包。思考了多长时间?那是块黑面包,很新鲜,让你想起阳光落在木地板上的样子。让你想起一个碗,一个黄色的碗,你家里曾经有一个。它盛着苹果和梨子,放在一张桌子上,那张桌子你也记得。要你命的不是饥饿或疼痛,而是那个黄碗不在身边。你对自己说,此时此地,只要把那个碗捧在手里,你就能忍受一切。他们给你的面包很有破坏性,它暗藏杀机,它并不意味着生命。

*

曾经有对姐妹。一个很富有却没有孩子,另一个有五个孩子却是个寡妇,她太穷了,一点食物都不剩。她去找她的姐妹讨要一口吃的。"我的孩子快死了。"她说。富姐妹说"我自己还不够吃",并把她赶出家门。然后富姐妹的丈夫回家了,想给自己切片面包吃,可是刚一下刀,红色的血就流了出来。

人人都知道那意味着什么。

这是一则德国传统民间故事。

*

　　我像变戏法一样为你变出来的那条面包飘浮在你餐桌之上大约一英寸的地方。桌子很正常，里面没有暗门。一条蓝色的茶巾飘到面包下面，没有绳索把布和面包连在一起，把面包和屋顶连在一起，或者把桌子和布连在一起，你用手上下扫过，证实了这一点。但你没摸面包。是什么阻止了你？你不想知道这面包到底是真实的还是我引诱你去看的一个幻象。毫无疑问，你能看见面包，你甚至能闻见它，它有一股酵母的味道，看起来足够扎实，扎实得如同你自己的手臂。但你能信任它吗？你能吃掉它吗？你不想知道，也不愿想象。

纸页

/ 1 /

纸页等待着,假装一片空白。这便是它的魅力、它的空虚吗?这光滑而洁白、这令人恐惧的无辜中还有什么?一场雪、一座冰山?它是一片沙漠,彻底干涸,寸草不生。但人们冒险进入这样的地方,是为什么呢?去看看他们能忍受多少,忍受多少一览无余的光线[1]吗?

---

[1] 原文为dry light,字面意思为一览无余的、无遮挡的光线,亦可引申为"公正的见解"。

/ 2 /

我说过纸页是白色的,的确如此:洁白如婚纱,如稀有的鲸鱼,如海鸥,如天使,如冰和死。有一天,它会像阳光一样囊括所有颜色;还有,它的洁白是因为它的炽热,它将烧断你的视觉神经,那些盯着纸页太久的人会失明。

/ 3 /

纸页本身没有维度和方向。没有上下之分,除非你自己去标记;没有厚度和重量,除了你施加其上的那些;不存在南和北,除非你一口咬定。纸页没有景象,没有声响,没有中心或边缘。正因为如此,你可以永远迷失其中。难道你从没见过那些设法从书页返回的人脸上的感激和喜乐吗?虽然他们眩晕、失血,但仍双膝跪地,双手插入土地,紧紧抱住他们所爱之人的身体，或者，在紧急关头，紧紧抱住他们能够找到的任何身体，带着一种没有经历过纸页旅行之全部恐惧的人所无法理解的紧迫感。

/ 4 /

如果你决定进入纸页，请带一把刀和一些火柴，还有一些可以飘浮的东西；请带一些你可以紧握于手的东西，一个用来割裂光线的三棱镜和一个灵验的护身符，把它挂在你脖子的项链上：回来时用得着。无所谓穿什么鞋子，但你应该露出双手。千万不要戴着手套进入纸页。有一点毋庸赘言，那就是不要轻易做出这种决定。

当然，有些人不是自己决定要进入纸页的，也没有打算过。其中一些人过着称心如意的生活，顺风顺水，但大部分人根本没能挺过来。对他们来说，书页就像一口井，一个可爱的水池，他们在里面看见一张脸，他们自己的脸，但更漂亮。这些不幸的人不是跳进去的，相反，他们跌落进去，而书页在他们头上悄无声息地闭合，不留一丝缝隙，并且立刻变得像原来那样完整而空洞，那样透明，那样诱人。

/ 5 /

纸页的问题在于：它下面是什么？它似乎只有两个维度，你可以把它拿起翻过来，背面和正面是一样的。什么都没有，你说，很是失望。

但你找错了地方，你看的是背面而非下面。纸页下面是另一个故事。纸页下面是个故事。纸页下面是曾经发生过的一切，其中大部分你情愿不听。

纸页不是池塘，而是皮肤，皮肤是用来盛放东西的，它能感觉到你在触摸它。你真的以为它只是躺在那里无所事事吗？

触摸纸页，后果自负：空洞无辜的人是你，不是纸页。但是你想知道，没有什么能够阻止你。你触摸纸页，如同拖着刀子划过它，纸页现在已经受伤了，一道蜿蜒的伤口打开，一个细小的创伤。黑暗喷涌而出。

IV

缄默

说还是不说：当你再次觉得自己说得太多时，这个问题便再次浮现。又是一大串名词，满满一把：看他们如何挑来拣去吧，词语的购买者，这儿捏一把，那儿掐一下，看它们是不是已经有了刮痕。动词也好不到哪里去，他们把动词缠起来，又松开，用它们在桌子上乱涂乱画，然后又把它们缠起来，缠得太紧乃至弹性崩裂。想再取一诗弹性[1]已不可能，上足发条的元音不行，瘀青擦肿的词语

---

1 原文为another poem of spring，在此poem被作者当作量词使用。

不行,你的不行,到处乱爬的蚂蚁不行,这肆虐的害虫不行。这是个集市,沾满斑驳的污渍;你要如何清洗一门语言?开始出现一股不好的气味,你能听到咆哮声,某些东西正在被吞噬,太多次了。你嘴巴里充满腐烂的气息。

何必牵涉进去呢?你最好坐到一边,坐在遮阳棚下的人行道上,双手掩住嘴巴、耳朵、眼睛,面前放一个杯子,人们可能会往里面扔硬币,也可能不会。他们以为你不会说话,他们为你感到遗憾。但是,但是你在恭候那个词语的来临,一个终于恰当的词语。一个合成词,生命、泥巴和光的产物。

她

她很清楚自己在做什么。好吧,为什么不呢?沿着街道,转过街角,她的一片身体就那样消失了。如果那就是事情运转的方式,她会那样做的。有时穿着短裤,露出黝黑的大腿,有时层层叠叠如卷心菜,或者整具身体从肩膀处如水泻地:管他会发生什么呢。蕾丝在喉咙那里,在脚踝那里,或者掠过双乳,管他今年流行把蕾丝放在什么地方,大笑一声让心跳加速,或者不笑也行。这将给她带来什么?一些东西。你得知道什么时候跑,跑向哪里,怎样把门轻轻关上。仅仅展示了一点东西,一些看起来像肉体的东西，他们便跟上来，几块白色的石头落入森林，落在树下，在月光中闪耀着光辉，许多线索，一条踪迹。从一个点到下一个，然后看见另一个，再之后还有一个。她经营的是渴望，是心病，是动脉的扭结，你会称其为苦难吗，这将引向何处？向着森林更深处，向着月光更深处。他们以为自己能走出树林，然后她会等在那里，终于等在那里，等着他们，所有森然的白光。

崇拜

那些无法愈合的溃疡在你口中。你告诉自己，那是吃了太多糖的缘故。人们向神灵献上鲜花和食物，还记得那些小雏菊、那些南瓜吗？它们被放在祭坛里，甚至连那座方形的砖石教堂里也是如此。很长一段时间，那座教堂闻起来都像一双穿着袜子的汗脚。感谢赐予。那就是为什么他偶尔给你带来玫瑰，想不起别的东西时就带巧克力。祭拜、典礼或者拍马屁，原因也概莫能外。祈祷便是匮乏。耶稣啊，他说，耶稣啊，但他并不是在向耶稣祷告，他是在向你祷告，不是向你的身体或面容，而是向你握持于中心的那方空白，它刚好是宇宙的形状。空洞。他渴望得到回应，一个来自黑暗领域及其中的红色星辰的回答，一个他能够触摸却无法看见的回答。做一个神灵是什么感觉，哪怕只有五分钟？现在你知道神灵必须得忍受什么了。这些呻吟听起来一如痛楚，可能就是痛楚，仅仅靠听你无法分辨。

你并不是真的神明，尽管如此，你仍旧沉默着。被顶礼膜拜的时候，你没有太多话要说。这一天是白色礼物主日[1]，礼物是罐头食品，包在面巾纸里，为穷人准备，而你高高在上，闪耀着，燃烧着，如同一根蜡烛，如同一具圣杯，被打磨得锃亮，你具备用途，可提供服务。当你被服务之后，当你被使用之后，你便会被收起来，直到再次为人所需。

---

1 白色礼物主日源于美国一个小型卫理公会教堂。在这一天，人们将礼物带给耶稣，然后再与世界各地没有多少礼物的人分享。所有的礼物都用普通的白纸包装，这样就不会有人知道哪个是昂贵的礼物，哪个是普通的礼物。

肖像学

他渴望她被筹划成这个样子。他渴望她,被筹划。他筹划着去渴望她。

这就是他们做出的安排,附带着绳子,或套索、丝袜、皮带。还安排了什么?家具,鲜花。方便凝视和优雅地布置各个部分,以形成一个统一的、有美感的整体。

曾经人们认为她不该喜欢这个,让她处在一个她不喜欢的位置,这便是权力。即便喜欢,也得装作不喜欢。然后人们又觉得她应该喜欢这个。让她做一些她不喜欢的事,并且让她喜欢上,这便是更大的权力。而最大的权力是：她真的不喜欢，但人们认为她应该喜欢，所以她不得不假装。

无论他使她喜欢，还是不喜欢，或者假装喜欢，都很重要，但都不是最重要的。最重要的是驱使她。从无开始，焕然一新。从无到有，以他想要的方式。

永远无法知道她喜欢还是不喜欢。事到如今，她已经不认识自己了。你看到的只是皮囊，还有她那种微笑，浅浅的，却无法磨灭，就像一个刺青。很难说得清，她再也讲不清，也不能讲清了。他说，除非喜欢，否则永远无法进去。他拥有最后的发言权。他拥有发言权。

看看你自己。这便是镜子的用途，这个故事就是个镜子，它与恐怖故事同韵，几乎一样但不完全相同。我们退回到这些韵律之中，仿佛落入一双安全的手。

喜欢男人

是时候重新喜欢上男人了。我们该从哪儿开始呢?

我个人偏好后颈,因为"nape"这个词,那里毛发极轻,跟"scruff"这个词可不一样[1]。但对我们大多数人,尤其对初学者而言,最好从脚开始,然后逐渐往上。如果将头部及其所包含的一切作为起点,那痛苦将过于猛烈。然后是肚脐,出生时的酒窝,我们从此处瓜熟蒂落,是我们共有的东西。你

---

[1] nape和scruff均指脖子的后部,但scruff多指代动物脖子后面的松弛皮肤,或者外表不整洁的人。

可以看着肚脐然后说，原来他也不过是个凡人啊。但它离引发你焦虑的腰带和拉链太近了，快慰唾手可得，而快慰正是你想要的东西。他是食肉动物，你是食草动物。这是你必须克服的问题。

那么来看看脚。我给你看看脚，粉红的脚趾，人畜无害。很不幸你联想到了袜子，它们躺在地板上，等着被捡起来洗干净。那就迅速加上鞋子。这样会不会好一些？袜子现在被包含在里面了，而且想必是干净的。

你凝视着鞋子，它并不过分锃亮——你希望这个男人既不是邋遢鬼，也不是洁癖狂——然后你开始放松下来。鞋子，亲切而文质彬彬，不是黑色的，而是一种体面的棕色。不是聒噪的双色调，没有外增高。鞋子带着双脚起舞，优雅，灵巧，你沉浸其中，想起了弗雷德·阿斯泰尔[1]，你开始喜欢上男

---

[1] 弗雷德·阿斯泰尔（Fred Astaire，1899—1987），美国电影演员、舞蹈家。

人了。你想亲吻那些脚，缓慢地，当然是在好好擦洗一番之后；脚展开脚趾，快乐地蠕动着。你喜欢给予快乐。你的舌尖沿着脚掌滑过，脚呻吟起来。

你受到了鼓舞，开始胡思乱想。足部装备，你想。高尔夫球鞋，草绿色的，慈父一般；打网球穿的白色胶底运动鞋，灵活而甜美，动如脱兔；工装靴，结实可靠。现在你知道了，好男人不易找，但他们的确存在。一个能操作电锯却不割断腿的人，真让人长舒一口气啊。双色格纹和多色格纹，简洁大方，带点苏格兰风情。橡胶靴，下雨天穿着它，涉水前往谷仓救下小牛犊。力量、安静和理智。知道该做什么，也能做好。性感。

但橡胶靴不是唯一的种类。你不想再继续下去了，但你无法控制自己。马靴，你想，带着不祥的尖头，但那还不算太坏，它们充满异国风情，历史悠久。牛仔靴，一双两只，分开站立，在主街上哐啷作响，紧跟着响起一阵枪声，一根马刺，刺入腹股沟。男人就得这样,但是为什么呢?长筒军靴,锃光发亮,你能在右脚上看见自己的脸,这时左脚抬起,鞋跟落到你鼻子上。你看到一排排军靴,前进着,前进着,你的视线跟街面齐平,因为你是躺着的。权力是指捣碎的权力,两人拉住你的腿,两人拉住你的胳膊,第五个人把一根尖利的器具塞进你的身体。一把刺刀,一个破瓶子的颈部,这甚至不是战时,这是在公园,里面有个儿童游乐场,红色和黄色的小马驹,这是白天,男人和女人从他们紧闭的车窗里盯着你看。不一会儿,警察就会问,你到底做了什么竟招来这种事。靴子终究不是个好主意。

但是,你对自己说,所有强奸犯都是男人,并不意味着所有男人都是强奸犯。你拼命保护那个你深爱并喜欢的男人的形象,但现在是一片沙色的平原,视线所及之处没有一座房屋,浓烟滚滚升起,战壕里没有驻军,头颅只剩白骨,母亲,婴儿,年轻的男孩和女孩,还有男人,都变成了骷髅。这是谁干的?谁定义了敌人?你怎么能喜欢男人呢?

尽管如此,你仍旧相信此事大有可为。就算不是所有男人,至少还有一些,至少还有两个,至少还有一个。这需要一次行动,一次关乎信仰的行动。他的脚在那里,从被单下伸出来,他睡着了,像出生那天一样赤裸。他出生的那一天。也许为了追溯如今的他,你必须得回到那里,一步一步踏上他走过的旅程。只有这样才可以开始。一次又一次。

草莓

在我的第一印象中,草莓不是红色的,而是蓝色的,那蓝色的光焰,电线发生白热化之前的蓝色,太阳从浪尖上闪过的蓝色。是高温造就了那样的蓝色事物,是愤怒,我走进废弃的果园,因为我不想跟你说话,甚至不想看见你,相反,我想做一些我所擅长的微小但有用的事情。那时正值六月,有蚊子,我拨开高耸的茎秆,把它们搅得乱飞,但我不在乎,我有免疫力,所有那些肾上腺素让它们躲得远远的,如果没用,叮出些蚊子包也无大碍。但我不再像以前那样愤怒了。我几乎有些想念它。

我想说，我看一切事物都透过一层红色的雾霭，但事实不是这样。没有什么是朦朦胧胧的。一切都非常清晰，比平时更清晰。我双手的指甲斑斑驳驳，那是透过苹果树的枝干落在地上的阳光，每片叶子、每朵五瓣黄蕊的白色花朵和长着锥形小茸毛的深红色多籽矮生浆果，都在干燥平坦的二维图像中呈现出自己的细节，就像相机问世之前，某个更为疯狂的维多利亚画家画在背景中的枝枝叶叶。在那个小时中的某个时刻，尽管不是那一整个小时，我忘记了事物的名字，相反，我看到了它们如其所是的样子。

他

每次你为他开门,情况都差不多:他好像刚从另一个星球来,站在那里,被突如其来的光线弄得半瞎,好像那光是从你体内发出的,好像他是自己那猛冲过来的黑黢黢的无重力内里,好像他刚刚着陆,而你正是陆地。他知道他必须发出一些外星人的问候,对此你也了然,那将是毕恭毕敬的,还有些尴尬,因为他有语言障碍。我不会惹事的,你想这样提示他,但是没有。他已经够焦虑了。瞧他耷拉着脑袋的样子,眼盯着地面,一开始用如此坦率而不设防的眼神看着你,你都不敢回视。和其他许多悲伤的男人一样，他只想被准许，被接纳。

你厌倦了男人的悲伤，它被用在你身上太多次，悲伤如笨拙的水管工的扳手，不过是敲击水流的工具。悲伤被当成很好的理由，迫使你做各种各样的事。他不是主动提供悲伤的。他不乏悲痛，但他不是自己那些伤心事的供应商，他对此浑然不觉；他是无意识的。他喜欢观摩精彩的比赛。

你想来点花样，你想说。他就像一棵树，或一块石头，像那些饱含沉默的物体中的一种，但这一次你躲开了比喻：你不想把他变成任何别的东西。你经年的训练，变形的技能，在这里都派不上用场。有多少次，你在月光中醒来，看到的不是眼睛，而是那些群青色的影子，坚硬得如同花岗岩所投下，然后你想，我是在跟一个杀手同床共枕吗？现在，你用一只手就能把那些时间揉成一团，然后扔到一边。

你最大的恐惧就是你可能已经开始心生怀念。

你仍须全盘招供，这让你恼火。但怎么能这样呢？这不是你想要的吗？不正是这个人让你原谅了所有男人吗？他们必须被原谅，因为现在你已经开始回忆了，回忆其他人跟他的部分相似之处。

绝望

今天我发现自己有点多愁善感。我在窗边,看着外面的雪泥,忧心着《约伯记》。宗教,被它仪式的荆棘紧紧握住的灼热的心,如橱窗般洞开的胸壁。为什么会有弓形虫?为什么会有爆炸,炸在路上,炸开手腕,血液浸染着电离层?

忘记坚韧和强干,我能用一只手把沸腾的铅水从墙垛上倒下来,我现在已经习惯了,我看都不看下面那些烧焦的面孔,那些大张的嘴巴露出尖细的獠牙,还有四周那些猎猎的旌旗。这是我在入侵期间的工作日所做的事,但今天是星期天,而我已经绝望了,我们已经绝望了。希望需要将来时态,而那只会让你变得贪婪,变成一个囤积者:未来是你为之贮存俭省的东西,但就像雷声一样,它只是一个回声,一个反转的梦。希望是你渴望更多东西的时刻,但哪里还有什么多余的东西呢?

外面,瘟疫肆虐,四处潜行,沿着街道流淌,所以我们停在这里,紧紧、紧紧抓住那些尚未凋零也还没有被死亡所标记的微小事物,抓住这满怀拥抱的文字:**一起**、**与共**。这是最理想的状态,没什么会变得更好,所以没什么可以企盼,但无论如何我还是企盼了。远处,战争之外的中景处,有一条河,一些阳光下的柳树,还有起伏的山峦。

一则寓言

我在一个没有窗户可以打开、没有门可以关闭的房间里。这可能听起来像个疯人院,但它其实只是个房间,我坐在这个房间里再次写信给你,又一封信,又一张纸,又聋、又哑、又瞎。写完后,我会把它扔在空气中,我们说它会消失,但空气可不这么想。

我正在聆听你的问题。之所以没有作答,是因为它们根本不是问题。一块石头或太阳能有什么答案吗?**这有什么用?**你说,关于这个问题,唯一可能的回答就是,我们并不都是功利主义者。**你究竟**

是谁，这是虫子咬透苹果时问的问题。被侵蚀过的果核可能是中心，但它是现实吗？

至于我，我可能什么都不是，我不过是你双手落到我肩上时右手和左手之间的空洞。我让你的左手和右手保持分离，穿过我，它们依然能够彼此碰触。这感觉就像沉默，沉默也是一种声音，我就是你思索这一点时花去的时间。你进入我的时间，然后又离开，而我既不能进入，也不能离开，为什么要问我呢？你知道它看起来什么样，但我不知道。镜子根本毫无用处。

反过来，问问我，你是谁：当你穿过那扇不存在的门走进这个房间时，我看到的是你，而不是我自己。

手

你的身体躺在地板上,你可能在那里,也可能不在。你双眼紧闭。说你就是你的身体,这没什么用,虽然这也是真的,因为此刻你不是你的身体,你只是脖子后面某个地方一只握紧的拳头。正是这只拳头把你紧紧握住,然后用一阵阵短促的疼痛推你向前;正是这只拳头驱使你沿着那些我们如此熟悉的无窗走廊穿过时间,在那里,黄白色的灯光从你脸上吸走血液,你的脚穿着逐渐变小的鞋子击打着水泥地面,砰的一声又一声,精准如钟表。我必须松开这个拳头,让你进来。

我从脖子后面开始，轻轻地触摸着复杂的肌肉硬块，它自己握紧自己，如同一个谜。一个错误的开始：太用力挤压会给你弄出瘀伤。我把手移动到脚部，再次开始。

双脚必须学会如何在黑暗中看清东西，因为黑暗就是它们行走的地方。双脚安静地学习着，它们比眼睛更聪明，很难被愚弄，像石头一样沉重而肃穆，它们无欲无求，过目不忘。我的大拇指在跟腱之间向下移动，推着被禁锢的双脚那盲目的白色脚掌缓步向前。

我握在双手之间的，正是你的身体，它双眼紧闭。现在你的身体变成了一只打开的手，你的身体是一只盲人的手，伸向有可能是一片光亮的黑暗之中；正像你所知道的那样。在你紧闭的双眼后面，一棵树的细丝徐徐展开，逐渐成形，红色，紫色，蓝色，缓慢的光亮。这不是一个恋爱场景。这是身体的旅程，是它走回自己肉身时迟疑的脚步。我闭上自己的眼睛,好更清楚地看见我们前进的方向。我的双手凭借知识和猜想移动向前;我的双手带你向前。你的双眼紧闭,但第三只眼,身体之眼,正在打开。它飘浮在你面前,像一圈蓝色的火焰。现在,你看到了它的内部,你看穿了它的另一面。

永生

我伸手向下,我发现了什么?一些古早的东西,一朵小小的白色干花。它被称作永生花。采摘于高速公路边,靠近一面被击穿的石英岩面。太阳升起时照在上面,把岩石染成玻璃的样子,如同光的入口。就在那时,世界变成了一个你可以步行穿过、步行进入的东西。

你可以搭帐篷了,任何地方都行,就在路边,任何宽敞的地方。帐篷是沉重的帆布,散发着焦油的味道。其他人把火扑灭了。几乎没有汽车,那是战争的缘故。战争正发生在某处,魔鬼的画笔,红色的和橙色的，在那里丛生；紫色豌豆，气味浓烈的雏菊，花瓣上小小的黑色蚂蚁。还有一条小溪，水呈棕色，清澈见底。

没什么可做的，有全部的时间，而时间无须被填满。我跪下来，光着身子跪在潮湿的地面上，把手伸向没有时间的地方，得到一把茎秆，它们两端反射着溪水的光亮，干燥的白色花朵，已然获得永生。

第三只眼睛使用指南

眼睛是视物器官，第三只眼睛也不例外。打开它，它就能看见；合上它，便视野泯然。

大部分人拥有第三只眼睛，但他们不信任它。站在转角那里的不是真的F，双手插在大衣口袋里，等着信号灯变绿：F两个月前去世了。他们说，这是眼睛给我玩的把戏，是光的恶作剧。

我并不反对通灵术，简说，但电话要可靠得多。

*

视线和幻影之间有何区别？前者关乎假定你已经看见的，后者关乎假定你没有看见的。语言也并不总是可靠。

*

如果你想使用第三只眼睛，你必须闭上其他两只。然后均匀地呼吸，继而等待。这有时会奏效；有时你只要去睡觉就行了，那偶尔也能发挥作用。

*

当你做了足够的练习后，你就可以跳过这些初始步骤了。你还发现，你能看见什么，部分取决于你希望看见什么，部分取决于你如何看。我说过了,第三只眼睛是唯一的眼睛。

*

有些人憎恨第三只眼睛。如果可以的话,他们会将它摘除。他们感觉它是一只寄生虫,蹲伏在前额中央,以大脑为食。

对他们而言,第三只眼睛仅展示最糟糕的画面:洞口中毒烧焦的尸体,被开膛破肚的婴儿,将军们留下的足迹,还有,离家更近的,因嫉妒和贪婪而变得腺体肿大的心脏,它们在所有人的背心和毛衣下闪闪发光。煎熬,他们说,他们看到。第三只眼睛可以是无情的,尤其当它受伤的时候。

*

但是,总得有人看见这些东西。它们存在着。

试着不要抗拒第三只眼睛：它知道自己在做什么。不要管它，它会让你发现这个真相并不是唯一的真相。有一天你会醒过来，然后所有一切——车道边的石头，砖头房子，每块砖，每棵树的每片叶子，你自己的身体——都将从内部发出光芒，它们被点燃，明亮得让你无法直视。你将朝任何方向伸出手去，你会触摸到光本身。

这之后不会再有任何说明，因为没有更多的选择。你看见了。你看见了。

读客® 彩条文库

外国文学读彩条,大师经典任你挑。

扫一扫,立即查看彩条文库全书目,
收集下一本文学好书!